E F G

K L M

Q R S T

X Y Z

OLIVER JEFFERS

ERA UMA VEZ UM
ALFABETO

A B C D E F
G H I J K L
M N O P Q R
S T U V W
X Y Z

Para o Pai

Por nunca nos teres obrigado
a arranjar empregos a sério.

Com amor, Oliver e Rory

TÍTULO ORIGINAL Once Upon an Alphabet
TEXTO E ILUSTRAÇÕES Oliver Jeffers
DESIGN Rory Jeffers
ADAPT. LETTERING Madalena Moniz
TRADUÇÃO Rui Lopes
REVISÃO João Berhan
COLEÇÃO Orfeu Mini

1.ª REIMP. agosto 2024 | 2.ª ED. ago 2021 (1.ª ed. out 2016)

DL 481650/21
ISBN 978-989-8327-75-8

Impresso na China

ORFEU NEGRO
Rua Silva Carvalho, n.º 152 – 2.º
1250-257 Lisboa | Portugal
www.orfeunegro.org

Se DAS PALAVRAS se FAZEM HISTÓRIAS, e se DAS LETRAS se FAZEM PALAVRAS, então as histórias são feitas de letras. Neste conjunto temos histórias feitas de PALAVRAS PARA todas as LETRAS.

Um Astronauta

O Edmundo era um astronauta.

Treinou durante muitos anos
para ir numa aventura ao espaço
e conhecer extraterrestres.

Mas havia um problema.

O espaço estava a mais
de cem mil e cento e um
metros acima dele...

... e o Edmundo morria de medo
das alturas.

Tudo o que estivesse a mais de dois
metros do chão já era demasiado
para ele.

Tinha um longo caminho a
percorrer.

Para ser exato, faltavam-lhe ainda
cem mil e noventa e nove metros.

BERNARDO VS. BARNABÉ

O Bernardo e o Barnabé viviam
em lados opostos de uma ponte
e barafustavam há muito tempo
sem se lembrarem bem porquê.

Barnabé

BERNARDO

Um dia, o Bernardo bateu o pé
e tomou medidas para que o
Barnabé não o aborrecesse mais.
Então, queimou a ponte que os
separava.

Mas, nesse dia, o Bernardo aprendeu uma lição importante.

Precisava (e bastante) da ponte para regressar a casa.

CANECA em CACOS

Tenho CHÁ

A caneca vivia no armário.
Era um sítio escuro e frio,
quando a porta estava
fechada.

Ela sonhava viver perto
da janela, onde poderia
desfrutar da vista.

Então, numa bela tarde,
decidiu arriscar.

Infelizmente, esqueceu-se de
que o armário era alto e de que
o chão era de cimento.

DALILA, A DESTEMIDA

Dalila, a Destemida, é um diabrete
que se ri na cara da Morte

Achas que tens muita piada, não é?

CASA DO DESASTRE

e dança à porta
do Desastre.

Ela enfrenta com destreza
todos os perigos e não tem
medo de ninguém...

... a não ser do pai, quando ela se atrasa para o jantar.

ENIGMA

E

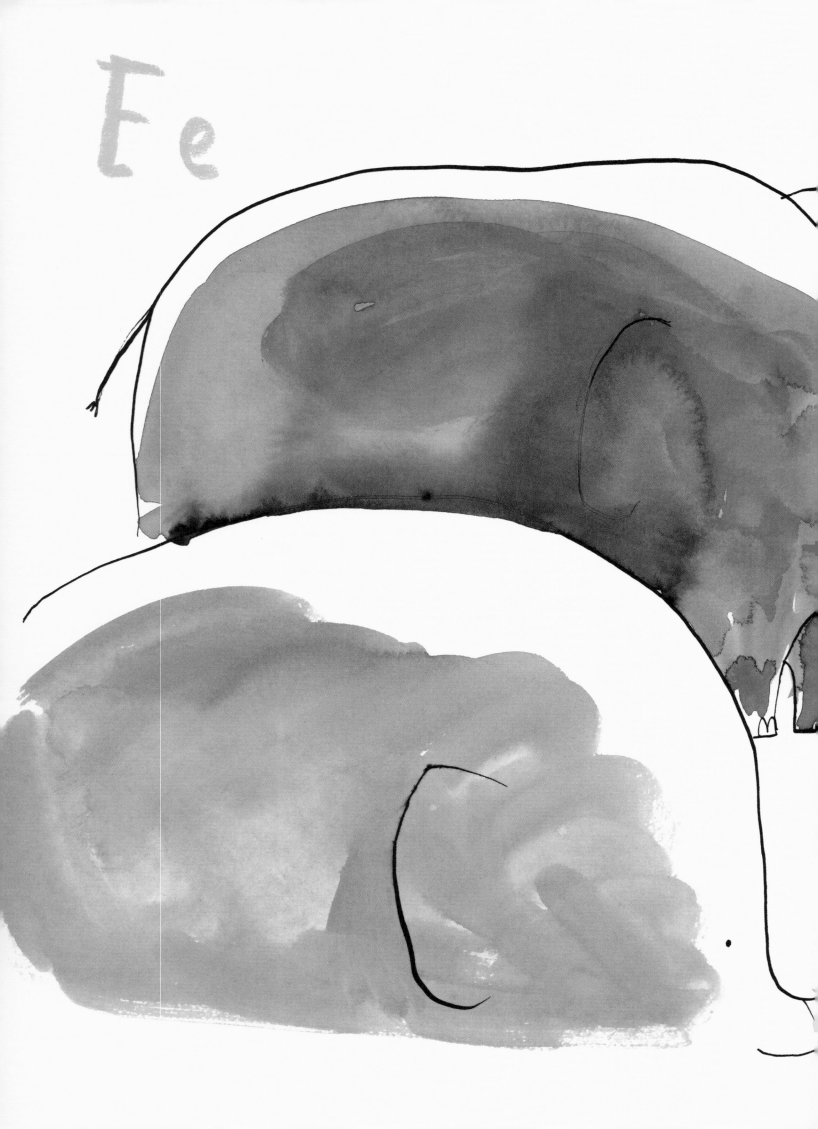

Quantos elefantes consegues
enfiar num envelope?

Descobre a resposta na letra N...

finito e infinito

Andava o Fernando a passear a sua
formosa rã quando encontrou um
buraco. Um buraco dos grandes.

Feitas as contas, era o maior buraco
do mundo e parecia ser infinito.

O Fernando deixou cair uma
moeda para ver quanto tempo ela
demoraria a chegar ao fundo.

Nem vão acreditar se eu
vos disser que ela ainda
não parou de cair, pois não?

É que o infinito não
tem mesmo fim...

QUEM
VEM
LÁ?

O GUARDA

O Leopoldo Areal é um guarda excecional.

Ele guarda tudo o que lhe derem para guardar, desde que peçam com bons modos. (Fiquem a saber que é importante ser gentil e educado.)

A sua atual missão é um bocadinho
aborrecida. Mas ele não se importa.

Porque é muito melhor do que a anterior.

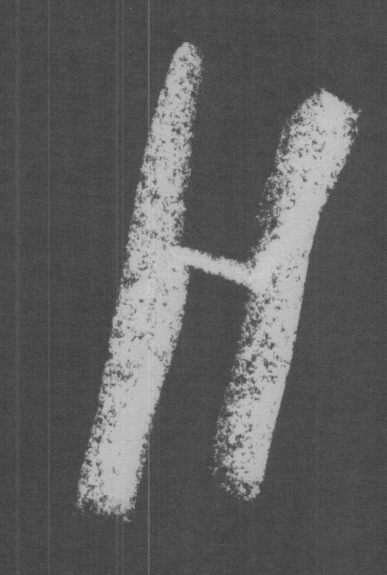

Habitação de
ALTO RISCO

A Helena habitava a metade
de uma casa. A outra metade
tinha caído ao mar, durante
um furacão, há ano e meio.

Por ser preguiçosa, e não ter
um martelo, a Helena não
tratara ainda de arranjá-la.
E nunca houve problemas…

... até ao terrível e horrível dia em que
rebolou para o outro lado da cama.

O INVENTOR

I i

Era uma vez um inventor muito engenhoso que inventava coisas muito engenhosas.

A sua última invenção permitia-lhe observar as iguanas no seu habitat natural...

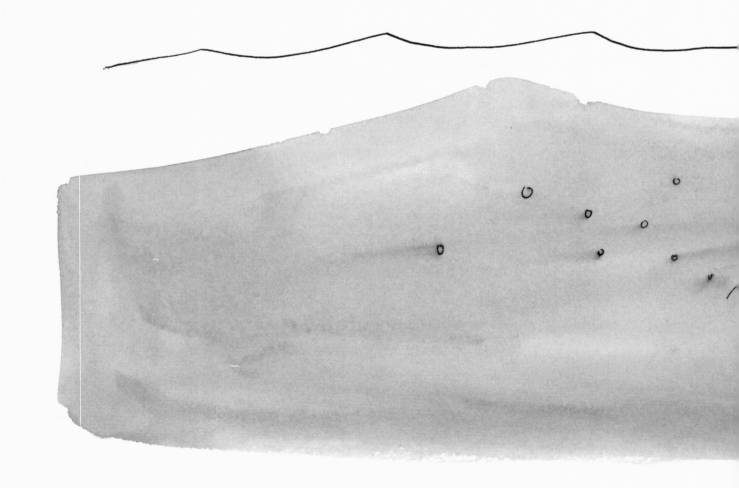

... incógnito.

J

JOGOS de
GELATINA

Jj

Podemos fazer quase
tudo com gelatina.

Podemos comê-la.

Podemos atirá-la ao ar.

Podemos fazer coisas com ela.

Foi o que a Joana fez.
Construiu a porta de casa
com gelatina. Assim, se
alguma vez se esquecesse
das chaves, bastava esticar
o braço e pegar nelas.

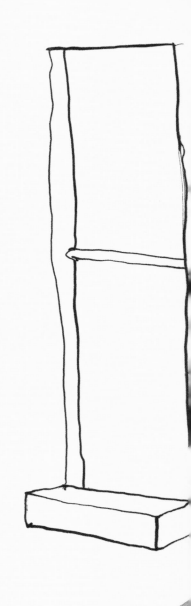

É claro que toda a gente podia
fazer o mesmo.

Por isso, a porta de gelatina
nunca pegou.

Mas, na verdade, quem
seria assim tão tonto para se
esquecer das chaves em casa?

KIKO I,
Rei de FRANÇA

Kiko I, o rei de França,
Distraiu-se com a dança
E logo das chaves se foi esquecer.

Como não podia entrar,
O rei Kiko deixou-se ficar
Sem cama para adormecer
Nem queijo para comer.

A LUZ do

Lenhador

João Grandão, o lenhador,
foi atingido até hoje por
cento e onze relâmpagos.
Lamentável, dirão os leitores.

Bem, nas primeiras vezes foi
incómodo, mas depois ele até
começou a gostar.

Na realidade, tem tanta
eletricidade...

... que agora até poupa luz à noite.

O MILAGRE da MATÉRIA

A Maria é feita de matéria.
A mãe dela também.
Tal como Marcel, o alce da mãe.

Na verdade, a matéria está
em tudo, de moedas e mapas
a montanhas e móveis.

A Maria descobriu estas coisas todas
no dia em que foi sugada por
um microscópio e ficou do tamanho
de uma molécula. ✗

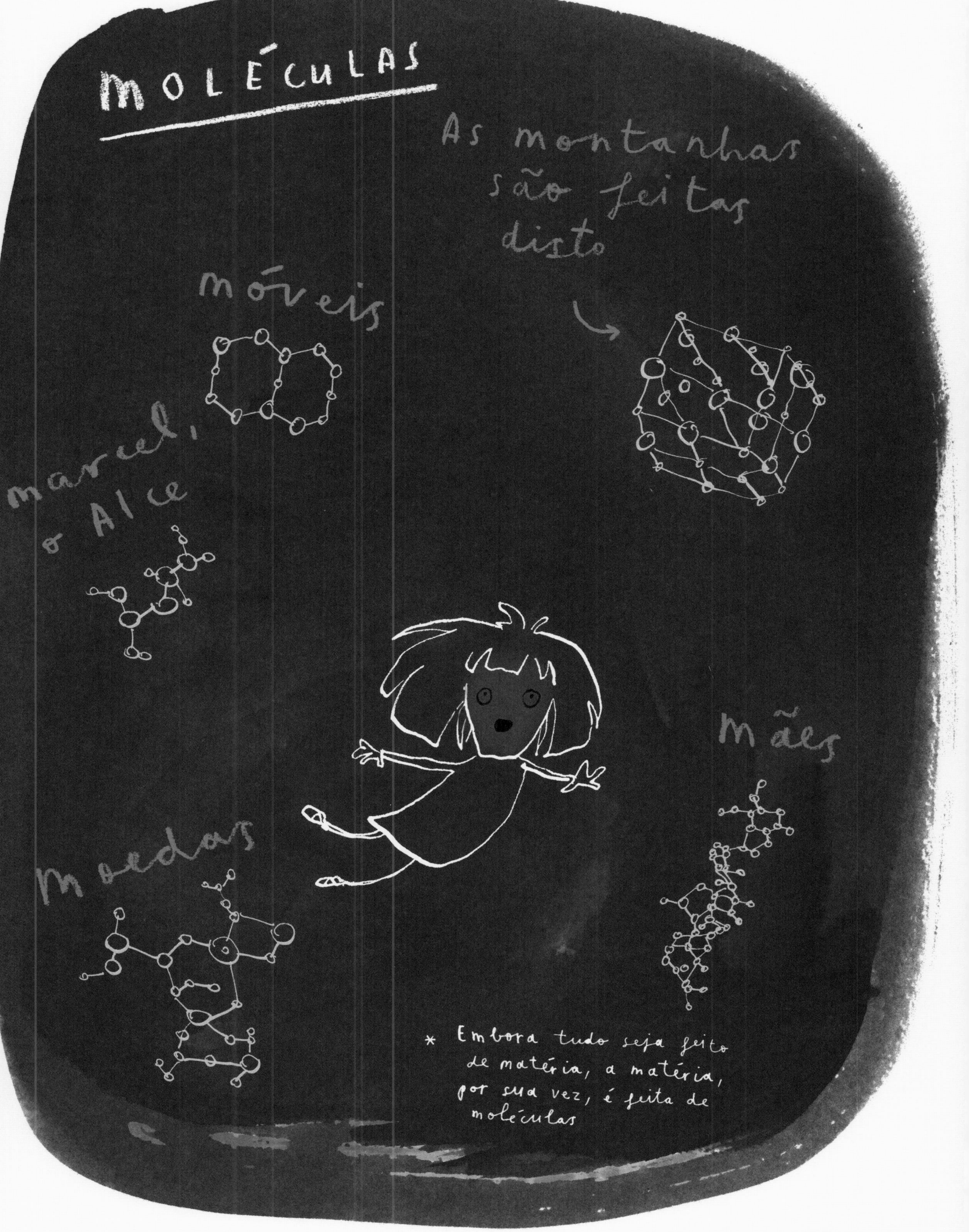

MOLÉCULAS

As montanhas são feitas disto

móveis

marcel, o Alce

moedas

mães

* Embora tudo seja feito de matéria, a matéria, por sua vez, é feita de moléculas

É um pequeno milagre
que todos tenham saído
do microscópio e voltado
ao tamanho normal.

A resposta ao enigma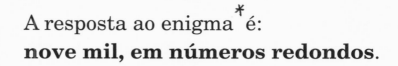* é:
nove mil, em números redondos.

Isto é, mais ou menos.

Seria impossível enfiar, de facto,
um elefante dentro de um envelope.

Mas é possível enfiar nove mil
envelopes, em números redondos,
dentro de um elefante.

*Ver a letra E

Ainda assim, tudo depende do tamanho
do envelope, portanto nunca digam nunca.

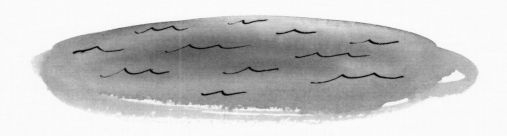

OCEANO de PROBLEMAS

O o

Entre as ondas do oceano,
um mocho navega no dorso
de um polvo.

Olham em volta, à procura
de problemas.

Eles resolvem os problemas.

Eles avançam.

Uma PASTINACA

Perplexa

As pastinacas não são conhecidas
pela sua inteligência, mas esta
era particularmente tola.

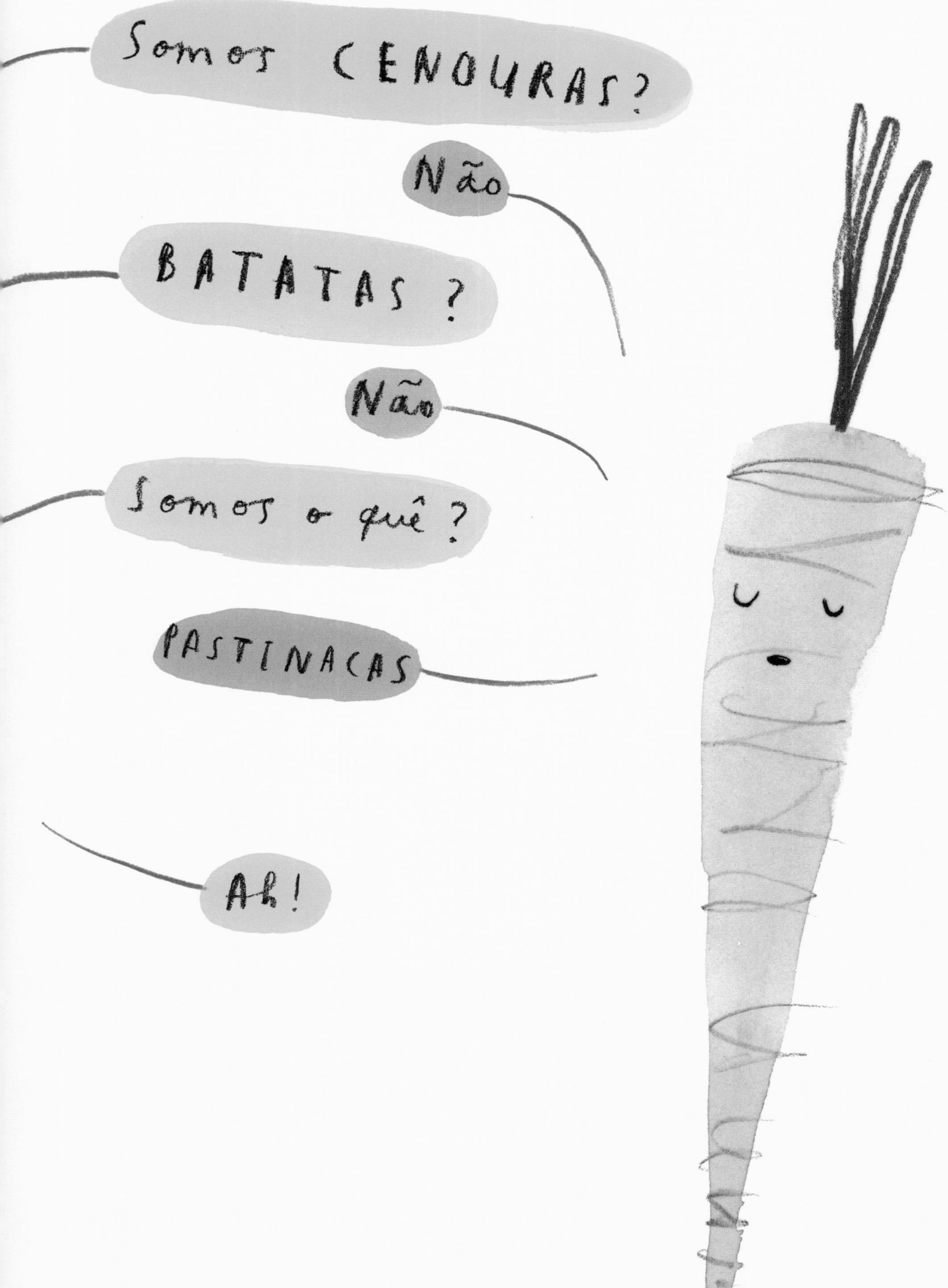
Somos CENOURAS?
Não
BATATAS?
Não
Somos o quê?
PASTINACAS
Ah!

E aqui está a prova.

Questão
Oculta

Qq

Esta história é supostamente
sobre uma questão.

Mas não a encontro em lado
nenhum.

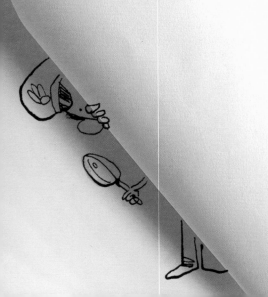

Sabem onde é que ela está?

Os Robôs

Não Gostam

de NUVENS

Escuras

Os robôs não gostam de nuvens escuras.
Então esticam o braço e roubam-nas do céu.

Tiram uma a uma, daqui e dali.
E é por isso que ainda não choveu.

Aposto que têm andado a pensar:
Raios e coriscos! Tanta poeira será normal?

É que os robôs não gostam de molhas.
E a ferrugem faz-lhes mal.

S

Salto

e

Submersão

Ss

Esta é a história de um simples pepino, que viu um documentário sobre pepinos-do-mar e suspeitou de que talvez essa vida fosse melhor para si.

Nessa mesma noite, o simples pepino foi até à costa, ficou por um momento a olhar em volta e, com um salto, mergulhou no mar.

No entanto, como nunca tinha tentado fazer isto, desconhecia ainda que não sabia nadar, e assim submergiu até ao fundo do mar.

E nunca mais se soube dele.

Mas não se preocupem...

... pois o mocho e o polvo
já vão a caminho!

A TERRÍVEL
TRAGÉDIA
do DATILÓGRafo

T t

Há muito pouco tempo, numa sala muito pouco distante, encontrava-se uma máquina de escrever e um datilógrafo aterrorizado.

É que tudo o que se escrevesse nesta terrível máquina, por mais estranho que fosse, tinha uma terrível tendência para se tornar real.

Bastou pouco tempo para que a história deste datilógrafo...

... viesse a ter um final trágico.

ÚLTIMO REFÚGIO

Infelizmente, o Dinis
não trepava lá muito
bem.

Os outros macacos
riam-se dele porque
usava uma escada
para subir à árvore.

Como isto o aborrecia, o Dinis
pegou na escada e desceu para
o seu refúgio subterrâneo.

Ufa! Por vezes, estar debaixo
da terra não é assim tão mau.

VÍTOR,
O
VENCIDO

V v

O Vítor estava habituado a ser
um vencedor.

Mas, há pouco tempo, foi vencido
e retirou-se para o velho esconderijo
debaixo da escada, onde continua
a planear a sua vingança.

Um dia destes, ainda vão todos arrepender-se.

A

WATTIRAFA

De todas as suas invenções, aquela
que o engenhoso inventor preferia
era a wattirafa.

Tinha a cabeça de uma batedeira
de duzentos watts e o corpo de uma
girafa.

Ao longo dos anos, tornaram-se
grandes amigos e comiam waffles
com doce de morango e chantilly.

A wattirafa, como é
evidente, batia as natas.

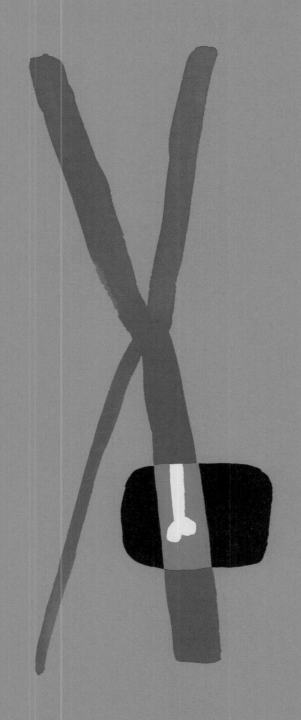

O MISTERIOSO CASO dos
ÓCULOS de RAIO X
DESAPARECidos

X x

Numa terrível manhã,
o Xavier descobriu que os seus
magníficos óculos de raio X
tinham sido roubados.

Ele sabia exatamente a quem
devia ligar.

O mocho e o polvo sabiam uma
coisa que o ladrão desconhecia:
é que havia outro par de óculos
de raio X.

Y

YETI, YAK
e Ioiô

Y y

O Yeti, que vinha do frio,
Comprou um ioiô no Rossio
Ao Yak, num dia de azar.

Logo descobriu o senão:

O ioiô não tinha fio e caía ao chão.

Então, sem hesitar,
O Yeti fê-lo voar.

ZEPElim

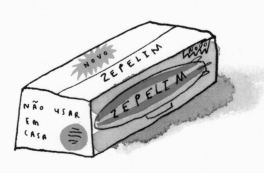

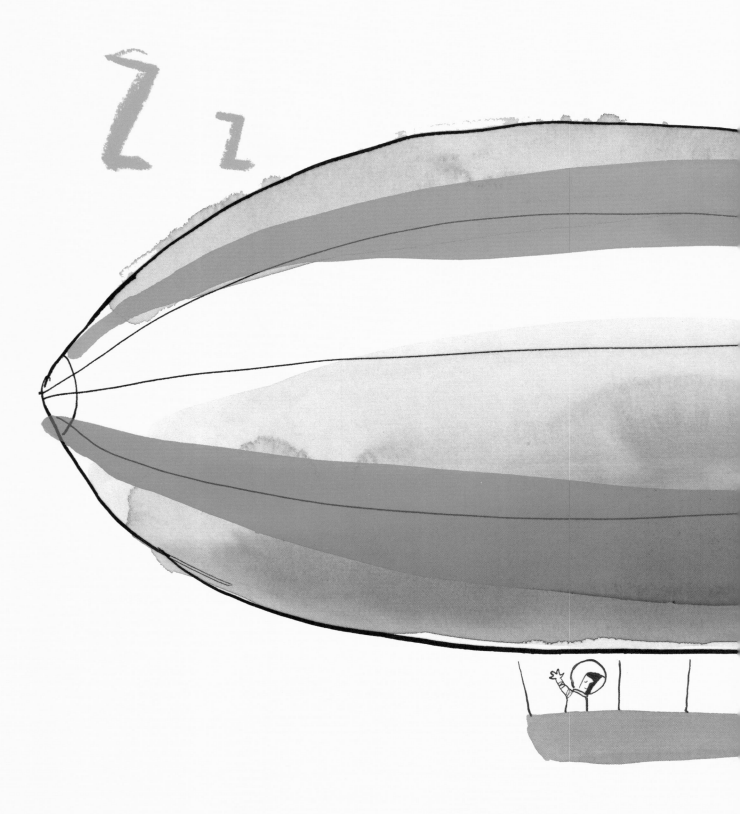

Edmundo, o astronauta, tem
feito progressos.

Comprou um zepelim, que
agora conduz com segurança,
a três metros do chão.

E, assim, já só lhe faltam cem
mil e noventa e oito metros.